Par ton exemple échauffe, instruis les cœurs;
Servir le ciel, voilà les vrais honneurs.

LE TRIOMPHE
DE LA RELIGION,
OU
LE SACRIFICE
DE MADAME
LOUISE DE FRANCE;
POËME,
DÉDIÉ A MADAME ADELAÏDE,

Par l'Abbé de Morveau.

Fama nominis ejus crefcebat quotidiè.
Sa renommée croiffait de jour en jour.
Au Liv. d'Efter, chap. IX.

A LONDRES,

Et fe trouve à Paris,

Chez MUSIER Fils, Libraire, Quai des Auguftins,

M. DCC. LXXIV.

A

MADAME

ADELAÏDE.

MADAME,

E̓N ME PERMETTANT de vous dédier cet ouvrage, vous avez prouvé que la vertu vous élevait au-deſſus de la ſenſibilité, & que dans

vous les intérêts de la religion étaient avant
ceux de la nature. Vous avez ſçu la ſurmonter
dans le moment du ſacrifice ; c'eſt une nouvelle
preuve de votre piété que d'en chérir l'image ;
c'eſt montrer à combien de titres vous méritez
l'admiration de tous les Peuples, la vénération & l'amour des Français. Je ſerai glorieux toute ma vie d'avoir pu vous en donner
un témoignage public, en oſant mettre, dans
ce moment, à vos pieds, tous les ſentimens
du reſpect le plus profond, avec lequel je
ſuis,

MADAME,

Votre très-humble & très-
obéiſſant Serviteur,
l'Abbé DE MORVEAU.

A
SON ALTESSE ROYALE
MADAME
ADELAÏDE.

MADAME,

EN ME PERMETTANT *de vous dédier cet ouvrage, vous avez prouvé que la vertu vous élevait au-dessus de la sensibilité, & que dans*

A ij

iv

vous les intérêts de la religion étaient avant
ceux de la nature. Vous avez sçu la surmonter
dans le moment du sacrifice ; c'est une nouvelle preuve de votre piété que d'en chérir l'i-
mage ; c'est montrer à combien de titres vous
méritez l'admiration de tous les Peuples,
la vénération & l'amour des Français. Je serai
glorieux toute ma vie d'avoir pu vous en donner un témoignage public en ofant mettre, dans
ce moment, à vos pieds, tous les sentimens avec
lesquels je suis, MADAME, avec le respect le
plus profond,

DE VOTRE ALTESSE ROYALE,

Le très-humble & tres-
obéissant Serviteur,
l'Abbé DE MORVEAU.

AVERTISSEMENT.

LES EFFORTS du génie ne rendent jamais les prodiges de la religion. Il est une manière de les appercevoir, il en est une de les sentir ; il n'en est point de les exprimer.

J'avoue que dans l'essai que je viens de tenter, le sentiment de l'admiration l'a emporté sur le sentiment de ma foiblesse, & j'ai pensé que comme il était impossible d'ajouter à l'intérêt d'un spectacle aussi grand, on ne pouvait courir aucun risque d'en diminuer la beauté ni d'en affaiblir l'image. Les Héros de l'Illiade doivent une partie de leur gloire au Poëte célèbre qui les a chantés ; Madame Louise ne doit la sienne qu'à son cœur, qu'à la grâce & qu'à Dieu.

Quelques circonstances ont fait différer, jusqu'à présent, l'impression de cet ouvrage, qui aurait pu paraître beaucoup plus tôt sans la crainte que Madame Louise a toujours eue de laisser publier l'éloge de ses vertus ; on doit donc pardonner à l'Auteur de n'avoir pas tout osé dire d'une Princesse dont il avait la piété, la modestie & la délicatesse à ménager.

ARGUMENT.

LOUISE ayant mérité les bienfaits du Ciel par la piété qu'elle a sçu conserver au milieu des dangers d'une Cour brillante, reçoit l'apparition de la Reine, sa mère, qui lui annonce le sacrifice qu'elle doit faire. Elle lui représente les intérêts de la religion & celui de sa gloire. Soulèvement de l'enfer contre la soumission & le projet de Louise.

LE TRIÓMPHE
DE LA RELIGION,

o u

LE SACRIFICE

DE MADAME

LOUISE DE FRANCE,

P O É M E.

CHANT PREMIER.

Don PRÉCIEUX qui portes dans nos cœurs
Ce feu facré, ces divines ardeurs,
Fruits de la grâce & que l'Être Suprême
Ne fait fentir qu'aux feuls Mortels qu'il aime,

C'est pour te peindre, ô sublime transport !
Que dans ces vers, j'ose prendre l'essor,
Et qu'aujourd'hui plein du feu qui m'inspire,
Ma main timide ose pincer la lyre.
Descends du ciel auguste Vérité,
Joins ton sublime à ma simplicité,
Sois mon flambeau, ma muse, mon organe,
Viens animer les traits de ce tableau ;
Ne souffre pas qu'une image profane
Ose souiller ma plume & mon pinceau.

Puissant Auteur de ces dons que je chante,
Répands en moi cette grâce touchante,
Ce feu brûlant, qui peut seul exprimer
L'attrait vainqueur qui nous porte à t'aimer.
Toi qui jadis sur l'humaine faiblesse,
Soufflas des cieux la prophétique ivresse,
Toi qui daignas sur les bords du Jourdain
L'associer à ta haute sagesse,
Et l'ériger en oracle divin ;
Rends mon cœur pur & ma bouche fidelle ;
Je peins ici la Fille d'un grand Roi :
Dévoile moi ce que tu fis pour elle ;
Je vais chanter ce qu'elle a fait pour toi.

Dans cette enceinte, où l'art, de la nature
En dédaignant la trop simple parure,

Pour embellir le palais de nos Rois,
Avec orgueil ose braver ses loix
Et la masquer sous sa riche imposture ;
Dans ce séjour qui nous offre par-tout
Les monumens & les traces du goût,
Où les plaisirs rassemblés près du Trône,
Parent de fleurs le sceptre & la Couronne,
Paisiblement enfin dans ce beau lieu
Vivait Louise, & ne pensait qu'à Dieu.
Telle on nous peint la Majesté Suprême,
Loin des soucis, des troubles, des desirs,
Tranquillement reposant dans soi-même
Foulant aux pieds le néant des plaisirs.

SON SAINT AYEUL, du haut de l'Empirée,
Veillait sur elle & l'avait éclairée ;
Il l'enchainait par d'invisibles nœuds,
Et connaissant l'Empire de la grâce,
Déjà Louis avait marqué sa place ;
Louis n'eut pas un triomphe douteux.

DANS CES INSTANTS où la tendresse émue
Rend la douleur plus vive & plus aiguë,
Où quelquefois la nature se plaît
A gémir seule & pleurer en secret,
Louise offrait à l'Auteur de son être
Ces mouvemens que la douleur fait naître,

Tributs cruels & fanglots fuperflus,
Qu'un fentiment dont on n'eft pas le maître
Sait conferver à ceux qui ne font plus,
Soudain on vit un globe de lumière
De fon éclat étonner fa paupière,
Puis, fe perdant en tourbillons de feux,
Briller encor quelque temps à fes yeux,
Quand tout-à-coup cette flamme légère
En s'exhalant, lui préfenta fa Mère (1).

SERAIT-CE VOUS, dit-elle avec tranfport;
Serait-ce vous, Ombre fainte & facrée,
Qui franchiffez le féjour de la mort,
Pour confoler votre Fille éplorée ?
Je puis donc voir fur ce front immortel
Le gage fûr d'un bonheur éternel!
A cet éclat divin qui l'environne,
Je reconnais le figne des Elus;
Vous n'avez fait que changer de Couronne,
Vous jouiffez du prix de vos vertus.

L'OMBRE trois fois dans fes bras eft preffée;
Trois fois croyant la tenir embraffée,
L'Ombre s'échappe & trompe fon defir;
Dans fes regards on eût vu la tendreffe,
Du fentiment peindre toute l'ivreffe;
Jufqu'à fes fons, jufqu'au moindre foupir,
En elle tout était une careffe,

Tout exprimait l'extafe du plaifir,
Lorfque la Reine interrompant Louife
Tint ce difcours à fa fille furprife :

J'AIME A IOUIR du trouble où je te vois :
Je fus ta Mère, & je la fuis encore ;
Ce titre au Ciel nous fuit & nous honore,
Et la nature y conferve fes droits.
Non, ne crois pas que la mort les efface ;
Il fuivent l'ame, & leurs charmes puiffans,
Même après nous, favent franchir l'efpace
Pour nous nuir toujours à nos enfans.
C'eft ce lien qui m'enchaîne à ta gloire,
Qui te révèle aujourd'hui ton bonheur ;
Mais à quel prix, Dieu, mets-tu ta victoire !
Louife écoute, & prépare ton cœur.

LA PARQUE à peine eut déchiré la trame
Qui réunit notre corps à notre ame ;
Ainfi qu'on voit dans un vaiffeau preffé,
L'air s'échapper quand la main l'a brifé,
Et s'élancer au milieu de l'efpace,
Sans que nos yeux en diftinguent la trace ;
Telle mon ame avec rapidité
Volait au fein de l'immortalité,
Lorfqu'à fes pieds, un Dieu jufte & févère,
Pour la juger, fit appeler ta Mère.

D'un œil finiftre un Ange de la mort
Fixait déjà la terrible balance,
Où l'Eternel décidant notre fort,
Pèfe nos cœurs au poids de fa vengeance.
Chargé de fers, ce monftre dans fa main,
En l'écoutant, tient le livre des crimes,
Le fouet vengeur & la clef des abyfmes,
Emploi chéri d'un miniftre inhumain :
Comme un vautour dont l'aile fe déploie
Pour s'élancer & dévorer fa proie,
Ainfi le monftre avec des cris d'horreur,
Dardait fur moi des yeux pleins de fureur :
Mais, ô bonté ! d'un Ange de lumière
L'afpect riant vint raffurer ta mère.
De fes rayons il éclairait l'Autel,
Où préparant les palmes glorieufes
Que Dieu réferve aux ames vertueufes,
Il leur imprime un éclat immortel.
Pour mieux marquer fon heureux miniftère,
Il fembleroit que la Divinité
A répandu fur lui fa majefté.
Soudain j'entends cet Ange tutélaire
Nommer *Marie*!.. A mon nom, à ces mots,
Le monftre affreux étouffe fon blafphême,
Et, s'enfonçant les ongles fur lui-même,
S'enfuit & rentre en fes fombres cachots.

Du nom d'un Dieu, tous les cieux retentiffent;

Pour le louer mille concerts s'uniffent;
Et dans l'inftant un rayon de clarté,
Au milieu d'eux, m'ouvrit l'éternité.

J'ALLAIS déjà pour chanter fes louanges,
Mêler ma voix aux doux accords des Anges
Et répéter les hymnes de Sion;
Quand jufqu'à moi, du haut des cieux s'avance,
Louis, héros de la religion,
Jadis le père, aujourd'hui le Patron
Du Peuple heureux qui le bénit en France,
Dans les vertus d'un digne rejeton.
Il me fourit; & d'un air de tendreffe,
Pour toi, Louife, entends ce qu'il m'adreffe.

QUOIQUE le cœur ne s'occupe en ce lieu
Que de la gloire & des grandeurs de Dieu,
Il nous permet, du féjour du tonnerre,
De prendre part aux chofes de la terre;
Et l'Éternel en faveur de fes Saints
Ouvre fouvent le livre des Deftins.
Vous m'avez vu, par fa toute puiffance,
Veiller long-temps fur le fort de la France,
La garantir du fchifme & de l'erreur,
La préferver au milieu de l'orage,
Dans les dangers ranimer fon courage,
La fecourir & confoler fon cœur;
Mais chaque jour voit affaiblir fon zèle,

Un seul instant peut la rendre infidelle :
L'esprit malin dans son sein à porté
Le soufle impur de l'incrédulité ;
On foule aux pieds la ferveur de ses pères,
La bouche impie insulte à nos mystères,
Les yeux n'ont plus le bandeau de la Foi,
L'homme est sans mœurs & le Chrétien sans loi ;
Si dans le bien tous nos pas sont timides,
Que dans le mal nos progrès sont rapides !
Envain j'ai vu, de ses cris languissans,
L'Eglise en pleurs appeler ses enfans,
Leur cœur est sourd, & la grâce étouffée
Ne parvient plus à leur ame insensée.
Reine il est temps, dans ses liens sacrés,
Faites rentrer ces enfans égarés ;
Qu'un coup d'éclat & qu'un nouveau prodige
Frappent leurs yeux, dissipent leur vertige ;
C'est à Louise, en ce jour solennel,
C'est à Louise à relever l'Autel ;
Qu'en ses efforts sa vertu la soutienne,
Telle est enfin la volonté du Ciel,
Qu'elle s'immole en victime chrétienne.

JADIS on vit nos barbares ayeux
Verser leur sang, pour honorer leurs Dieux (2),
Se disputer d'un zèle frénétique
L'affreux couteau d'un Prêtre fanatique ;

Tel de Moloch le culte enfanglanta
Les fils d'Ammon dans les murs de Raba;
Mais notre Dieu plus humain, plus propice,
Ne fouille pas fon Temple & fes Autels
Par les horreurs d'un pareil facrifice;
Il veut le cœur, non le fang des mortels:
Il veut le tien, ô ma Fille, ô Louife,
Par ton exemple échauffe, inftruis les cœurs,
A fes décrets fois docile & foumife:
Servir le ciel, voilà les vrais honneurs.

A ce discours la Princeffe attendrie,
Veut s'élancer dans les bras de Marie,
Lorfque foudain, plus prompte que l'éclair,
Elle s'échappe à fes yeux, & fend l'air.
Louife alors interdite & tremblante,
En l'appelant d'une voix palpitante,
Cherchait en vain ces chemins inconnus,
Que fes regards avaient déjà perdus.
O toi, dit-elle, ô toi dans qui ta Fille,
A, fur ton front, vu l'éclat dont il brille,
As-tu donc pu, dans ces tendres momens,
Te dérober à mes embraffemens?
De ton bonheur, une ivreffe plus pure,
A donc dans toi refroidi la nature,
Et ta Louife, une première fois,
Sur ta tendreffe, aura perdu fes droits?
A mes regards, ne t'es-tu donc offerte,

Que pour me voir, deux fois pleurer ta perte?
Eh bien, ma mère, en remontant au Ciel,
Porte avec toi mes vœux à l'Eternel!
Oui, dans la nuit d'un cloître enfevelie,
Sans murmurer j'irai finir ma vie;
Dès cet inftant j'en chéris la rigueur,
J'ai prononcé; tu feras obéie,
Mon facrifice eft déjà dans mon cœur.

Jusqu'ou l'amour fait porter le courage!
Pardonne au moins à mon raviffement;
En prononçant ce terrible ferment
Sais tu, Louife, où ton ame s'engage?

Déja j'entends les céleftes Efprits
Mêler ton nom à leurs chants d'alégreffe.
De tes vertus pour te donner le prix,
Leur troupe heureufe & s'avance & s'empreffe:
Déjà je vois dans leurs mains le bandeau,
D'un chafte front immortel diadême,
Briller pour toi d'un éclat tout nouveau,
Gage certain de la bonté fuprême . . . . .
Mais quels bruits fourds, quels hurlemens affreux,
Font retentir les voûtes foutcrraines!
Quels fons plaintifs, des antres ténébreux
Viennent troubler les demeures humaines!
C'eft l'ennemi de la croix, confondu,
Grinçant les dents, fur la flamme étendu,

Le

Le défefpoir, l'impitoyable envie
Rongent fon cœur; impuiffant, il mugit.
Tel un lion, écumant de furie,
Perdant fon fang, fe débat & rugit.
Contre fes coups, ô Puiffance infinie !
Dans la carrière où l'amour la conduit,
Viens fecourir la Fille de Marie.

TEL EST le fort des malheureux humains,
Que le démon, de fes noirs fouterrains,
De fes regards, perçant la nuit profonde,
Cherche fans ceffe à troubler notre monde,
Et que, jaloux d'un bien qu'il a perdu,
De fon abyfme, il combat la vertu.
En frémiffant, il écoutait Louife
Former déjà dans fon ame foumife
Ce vœu facré, que fon amour offrait
Avec tendreffe au Dieu qui l'infpirait.
Pour lui, fon zèle eft un nouvel outrage;
L'œil enflammé de dépit, de fureur,
On l'aurait vu, dans l'accès de fa rage,
Portant par-tout la fièvre de fon cœur,
On l'aurait vu, de fes affreux blafphêmes,
Faire trembler les voûtes anathêmes,
Et redoubler la confternation,
Dans ce féjour de malédiction.
Ses noirs fuppôts, fe déchirant eux mêmes,

B

Glacés d'horreur , agitant leurs ferpens ,
Rentraient au fond de leurs brafiers ardens ;
Et tout l'Enfer, à fon affreux délire,
Crut ce moment la fin de fon Empire.

Un seul d'entre eux , de cet Ange infernal ,
Cruel Miniftre , engendré de Baal ,
Qui de l'encens des Peuples d'Idumée ,
Sur fes Autels détournait la fumée,
L'affreux Menfonge , accompagnait fes pas,
L'écoutait feul , & feul ne tremblait pas.

Qui peut , lui dit ce confident infame ,
Qui peut porter tant de trouble en ton ame?
Dans ce féjour , où l'éternelle nuit
Nous cache au Dieu que ta bouche a maudit,
Que de mortels fous les piéges du crime,
Tombent en foule au fond de ton abyfme?
Jamais ton règne a-t-il été plus grand?
Ton bras plus fort? ton trône plus puiffant?
Vas, que crains-tu, ce Dieu que l'on infulte,
Voit chaque jour abandonner fon culte;
Il tonne en vain, fon Peuple révolté
Joint l'athéifme à l'incrédulité (3),
Et croit déjà trouver dans fon génie,
Jufqu'au néant de ce Dieu qu'il oublie.
Oferait-il encor nous menacer?

Tu me connais ; feul j'irai tout ofer,
Ne cache rien à mon impatience,
Parle, & d'un mot je vole à ta vengeance.

TEL SUR LA PLAIE au même inftant verfé,
On voit agir un baume falutaire ;
Ainfi Satan dans fon cœur oppreffé,
Reçoit l'efpoir qui flatte fa colère :
Par fon difcours le Démon appaifé
Lui tend la main de fon trône embrafé ;
Et l'efpérance à fon ame rendue,
Tient un inftant fa rage fufpendue.
Digne foutien de cet abyfme impur,
Toi, lui dit-il, qui me rends l'efpérance,
Vas fur les lys, vas porter ma vengeance :
J'en crois ton zèle, & mon triomphe eft fûr.
Tu fais combattre en déguifant tes armes,
Plaire, féduire & vaincre par des charmes ;
Tu fais encor, par des chemins de fleurs,
Egarer l'homme en flattant fes erreurs,
Tromper fes yeux, & par ton artifice,
Deffous fes pas cacher le précipice ;
Fier ennemi du Chrift & de la Croix,
Nous périffons une feconde fois.
Les cris du Ciel à mon ame furprife,
Depuis long-temps avaient nommé Louife :
Au fein des Cours mon fceptre eft affermi ;
Me verrait-on ne vaincre qu'à demi ?

B ij

L'ambition en était souveraine,
La vérité ne s'y montrait qu'à peine :
Et près du trône un flatteur corrompu,
Nous suffisait, pour flétrir la vertu.
Mais sur les lys, sa trace inébranlable,
Au milieu d'eux semble être ineffaçable,
Et les Bourbons en lui servant d'appuis,
Furent toujours nos plus grands ennemis.
Aujourd'hui même, on dirait que la grâce,
Pour nous confondre, a choisi dans leur race,
Et que Louise en ce moment fatal,
Contre l'Enfer a donné le signal.
L'impiété dans l'effroi du silence
Ensevelit déjà son insolence :
Et par sa honte exprimant son regret,
Dans la terreur traînant son arrogance,
Croit de sa bouche entendre son arrêt.
Je vois encor dans leurs écrits perfides (4),
Ces vains Auteurs se choisir d'autres guides :
Se rétracter, & pour la vérité,
Ravir leur plume à l'incrédulité,
Et l'Evangile éclairant leur génie,
Redevenir le flambeau d'Uranie.

MAIS est-ce à nous de craindre & de trembler ?
C'est aux mortels à se laisser troubler ;
L'espoir soutient la fureur qui m'enflamme :
Le bras, mon fils, qui veut nous accabler,

N'a pas changé le levain de leur ame;
Leur cœur volage aime la nouveauté,
Il est pétri de l'instabilité.
C'est un ruisseau, dont l'onde fugitive
Tantôt s'éloigne & retourne à sa rive;
Et que l'on voit après mille détours,
Se rapprocher & rentrer dans son cours.
Faible, timide, inconséquent, frivole,
Tout est dans l'homme un effet passager,
Ou du caprice, ou d'un esprit léger;
Le changement, voilà la seule idole,
Que son esprit se plaît à caresser:
Prompt dans son vol, mais plus prompt dans sa chûte,
Un rien l'emporte, un revers le rebute;
Il prend l'essor, & retombe à l'instant
Dans les liens de son cœur inconstant.

POUR augmenter l'horreur de ma détresse,
Le tien, Louise, est-il donc sans faiblesse,
Et connais-tu l'ennemi qui t'attend?
Fille orgueilleuse! avant de nous abattre,
Viens nous montrer si tu sauras combattre;
Si dans ton ame il n'est plus de desirs,
Plus de chemins ouverts à la mollesse,
Plus de penchant, plus d'attraits aux plaisirs,
A l'inconstance, aux charmes, à l'ivresse;
Si tes efforts en rompant mes liens,
Pourront enfin m'enchaîner dans les tiens;

Et fous les coups que ma haine t'apprête ,
Viens donc du moins mériter ta conquête.
Ranime-toi, digne Fils des Enfers ;
Contre le Ciel foulève nos abyfmes ,
Vas contre lui difputer tes victimes ;
Soutiens ta gloire & cours dans l'univers ,
Pour le confondre , affembler tous les crimes,
Vas déchaîner dans leurs noirs fouterrains ,
Tous ces fléaux de ces lâches humains ;
Porte avec toi les ferpens des Furies ,
Que fur leur cœur épuifant leur venin ,
Sans fe laffer , ils déchirent leur fein ;
De leur haleine échauffe les impies ,
  Trempe , noircis leur plume dans mon fiel ;
Tu fus jadis triompher d'Ifraël ,
Songe en ce jour, en combattant Louife ,
Songe mon Fils , en cet inftant cruel ,
Que fa victoire eft celle de l'Eglife.

Il dit ; fur eux il fouffle fon poifon.
Tel qu'un volcan, de foufre & de bitume ,
Vomit au loin un tourbillon qui fume ;
L'affreux Miniftre a franchi fa prifon.

Auprès de toi, je le vois qui s'avance :
Veille Louife ; il fait dans le filence
Mafquer fes traits, fes projets, fa noirceur ;
Contre les coups du tentateur infame ,

Que tes vertus foient l'airain de ton ame,
La piété, les armes de ton cœur,
Et laisse nous juger, à ta défense,
Combien la grâce eut fur toi de puissance.

Fin du premier Chant.

ARGUMENT.

L'ESPRIT de menſonge trouve en France tous les plaiſirs raſſemblés pour la fête de l'Hymen du Dauphin avec Antoinette d'Autriche. Portrait de cette Princeſſe ; tableau de la Cour de Vienne ; ruſe dont le Démon ſe ſert pour ſurprendre & tromper Louiſe ; les ſecours qu'elle reçoit de l'Archevêque de Paris, le Démon eſt confondu & Louiſe va déclarer au Roi le parti qu'elle a pris de ſe retirer du monde.

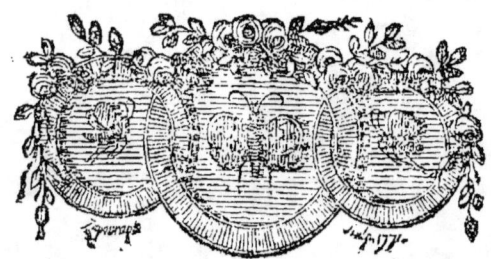

CHANT SECOND.

MARS ENDORMI dans le fein de la Paix,
Ne troublait plus l'Empire des Français;
On aurait dit qu'en leur foyer tranquille,
Elle venait de choifir fon afyle :
Tout l'infpirait, & jufqu'à leurs rivaux,
Au milieu d'eux, en goûtaient le repos.
Pour l'y fixer le Dieu de l'hymenée,
Pour ajouter à des jours auffi beaux,
A notre amour allumant fes flambeaux,
Marquait déjà cette heureufe journée,
Qui dans le fang d'illuftres rejctons,
Nous confervait la tige des Bourbons:
Sur fes Autels, il voyait nos offrandes,
Et le plaifir préparait fes guirlandes.

PRÈS DU DANUBE au nord de nos climats,
Vers le croiffant font de puiffans Etats,
Un vafte Empire, où les aigles romaines,
Depuis long-temps ont choifi leurs domaines;
Des peuples fiers, qui fous leurs étendards,
En confervant le trône des Céfars,
Ont hérité de leur vertu guerrière,
Et fur lefquels Thérèfe règne en mère (1).
C'eft là qu'on voit briller la Majefté
Sous les dehors de la fimplicité :

L'amour du peuple & de la Souveraine,
Par les liens de la fidélité,
Tous deux unis ne former qu'une chaîne,
Et les Germains, être par ses bienfaits,
Plus ses enfans qu'ils ne sont ses sujets.
A ses côtés, la Prudence attentive,
Veille aux dangers d'une mollesse oisive ;
Loin de sa Cour rejette les flatteurs,
Fléaux du Peuple & le poison des mœurs,
Serpens cruels, dont l'atteinte effroyable
Rend le Monarque indolent ou coupable,
Et qui mettant le Prince aux seconds rangs,
Prennent sa place, & regnent en Tyrans.
De leur encens Thérese peu séduite,
Auprès du Thrône élève le mérite,
Et de son ame éloignant leurs poisons,
Dans l'art des Rois fait donner des leçons.

De cette Reine Antoinette était née :
C'était l'Amour qui l'avait dessinée ;
Il fit ses traits, la Vertu fit son cœur,
Et dans ses yeux on voyait la douceur,
Ce signe heureux, cette immortelle image,
Des dons du Ciel précieux assemblage,
Faire envier à cent Peuples jaloux,
Le nœud charmant qui doit l'unir à nous.
O Dieu d'hymen ! pour combler ma Patrie,
Pour exaucer tous nos vœux dans un jour !

En nous donnant cette Fille chérie,
Tu reffentais le feu de notre amour.
Quelle fera ta gloire & ta puiffance,
O ma Patrie! après cette alliance,
Quand tu verras s'unir à cette fois
Le fang d'Apsbourg à celui de tes Rois ?
Pour cet hymen, tandis que tout s'apprête,
Et qu'en tous lieux tout annonce fa fête,
Que le Monarque excite les talens
A célébrer ces fortunés momens,
Que les tranfports d'une commune ivreffe,
Ont confondu le Prince & les Sujets ;
Louife, enfin, au fein de l'alégreffe,
Secrettement formait d'autres projets.
De la retraite étudiant les charmes,
On la voyait fans regret, fans defirs,
Se dérober au milieu des plaifirs ;
S'accoutumer à répandre des larmes,
Et par degré déja dans la douleur,
Dans le filence, elle éprouvait fon cœur.

CE FUT ALORS que l'Ange de l'abyfme
Crut, fans effort, enchaîner fa victime,
Quand il eut vu les Plaifirs à la Cour
Servir l'Hymen pour couronner l'Amour.
Mais, vainement, il y cherchait Louife ;
D'un autre objet fon ame était éprife,
Et dans le temps où l'hymen fe parait,

Elle étoit feule, & Louife priait.
L'efprit malin fut trouver fa retraite;
Pour pénétrer dans fon cœur vertueux,
Pour la troubler, pour hâter fa défaite,
Sous mille afpects il s'offrit à fes yeux.
Tantôt, contre elle, armant l'inquiétude,
Les noirs chagrins, l'affreufe incertitude,
La défiance & ces vaines terreurs
Dont le fcrupule empoifonne les cœurs (2);
Tantôt feignant le regret à la fuite
De ces Grandeurs, de ce Rang qu'elle quitte,
Il ajoutait aux traits de fon tableau,
Le défefpoir jufques dans fon tombeau,
Rongeant encor des reftes déplorables,
Ravis trop tard à des jours miférables,
Et lui montrait, dans un trifte avenir,
Autant d'horreur à vivre qu'à mourir.
Il ofa tout pour dompter fon courage;
Il l'affaillit de preftiges pervers,
Il l'entoura de cent pièges divers;
Contre elle, enfin, il épuifa fa rage;
Mais la vertu fait naître la valeur:
Contre fes coups Louife eut l'avantage,
Et tous fes traits n'atteignaient pas fon cœur.
Quoi! difait-il, mes efforts impuiffans
N'auront donc pu triompher de fes fens?
Eh bien! contre elle effayons d'autres armes,
Pour l'enchaîner je fais d'autres fecrets:

La confiance à fes yeux a des charmes,
Empruntons-les, & fous fes faux attraits
Allons tenter de plus heureux fuccès.

C'EST UN befoin au cœur de fe répandre ;
Peine ou plaifir, on ne peut les cacher :
C'eft vainement qu'on cherche à s'en défendre ;
Dans tous les cas, on aime à s'épancher :
Quel foit le rang qu'on doive à la fortune,
La confiance à chacun eft commune ;
Nul d'entre nous ne fauroit s'en paffer.
Elle eft utile & quelquefois funefte ;
On la chérit, fouvent on la détefte,
C'eft un appui que toujours la raifon
Devroit choifir, & non l'occafion.
Ce fentiment bienfaifant ou perfide,
Jufqu'en notre ame agiffant à fon gré,
Au bien, au mal, comme il veut, la décide ;
Change fes goûts, foumet fa volonté ;
Son art peut tout, fes charmes font nos maîtres,
Trompant ainfi notre crédulité,
Fils du menfonge ou de la vérité,
Il fait de noùs des amis ou des traîtres.

C'EST DANS les Cours, encore plus qu'ailleurs,
Que l'intérêt empruntant fes couleurs,
Sous les dehors de ce nœud qui nous lie,
Adroitement fait mafquer fes noirceurs :

C'eſt-là, ſur-tout, qu'il ſait couvrir de fleurs ,
Tous les écueils qu'y prépare l'envie ,
L'ambition , la noire perfidie ,
Et que ſouvent ce monſtre déguiſé ,
Dans ſa fureur immole & ſacrifie ,
Même le ſein qu'il avoit careſſé.

Depuis long-temps , en ſa nombreuſe ſuite ,
Louiſe avait choiſi ſa favorite ,
L'eſtime avait décidé ſon penchant ,
Et l'amitié , ce charme attendriſſant ,
Qui nous rapproche & franchit la diſtance ,
Etait le nœud de cette confiance ;
Mêmes rapports , mêmes goûts , même ardeur :
Entr'elles deux , dans leur intelligence ,
Il n'était plus qu'un ſentiment , qu'un cœur ;
Toutes les deux s'aimaient dès leur enfance ,
Et chaque jour leur union croiſſait ,
Dans la ferveur qui les réuniſſait.
Le Tentateur crut ſa victoire ſûre :
Il prend alors ſes traits & ſa figure ,
Vole à Louiſe , & d'un air pénétré
Tient ce diſcours qu'il avait préparé :

Vous , qui , ſouvent en conſultant mon zèle ,
Daignez permettre à ma bouche fidelle ,
De vous parler avec ſincérité ;

Pardonnez donc, généreuse Princeffe,
Si j'ose ici combattre ma Maîtreffe,
Si je lui dis sans fard la vérité.

Cessez de suivre un projet trop funeste,
Depuis long-temps en vous il est formé,
Je crains qu'un jour l'horreur ne vous en reste,
Et cet effroi tient mon cœur alarmé.
Souvenez-vous que depuis votre enfance,
Il met en nous la tendreffe en souffrance;
Que mille fois nous l'avons combattu,
Et qu'aujourd'hui cette perfévérance
Peut devenir l'écueil de la vertu.
A nous tromper l'efprit malin s'applique,
Ainfi que Dieu, cet ennemi s'explique:
Combien de fois nos yeux féduits l'ont vu
Par le prestige imiter les miracles,
Prendre fon nom & dicter des oracles!
Ne vit-on pas, inquiet & troublé,
Chez les Hébreux, Pharaon aveuglé,
Se partager entre les faux Prophètes,
Et du Seigneur les divins Interprètes,
Ne fachant plus à quoi fe décider,
Tantôt fe rendre, & tantôt réfister,
Et tour-à-tour vaincu par des prodiges,
Ou confondu par d'horribles prestiges,
Contre Ifraël exciter fon courroux
Et devenir victime de fes coups?

Ainſi jouet de ſa propre faibleſſe,
Le cœur en proie à mille paſſions,
Croit ſes deſirs des inſpirations,
Et ſes écarts des élans de ſageſſe.
En careſſant l'erreur qui nous ſéduit (3),
Nous aiguiſons le fer qui uous détruit.
Louiſe, avant de changer votre ſphère,
Avant de prendre une route étrangère,
Voyez au moins la main qui vous conduit.
L'aveuglement marche avec l'inconſtance;
Dans ſes deſirs rien ne peut l'arrêter,
Souvent trop tard on voit ſon imprudence;
Mais la raiſon, toujours en défiance,
Prévoit la chûte avant que de tomber.
Dès-à-préſent, dites-vous à vous-même,
En s'éloignant d'un Monarque qui l'aime,
Louiſe ingrate oubliant ſes bienfaits,
A ce grand cœur cauſerait des regrets,
Et des poiſons d'une abſence éternelle,
Abreuverait ſon ame paternelle?
Dans ces beaux jours où l'hymen & les ris,
De fleurs parés à la Cour de Louis,
Viennent ſerrer le nœud qui les arrête,
Joindre à jamais les aigles & les lys,
Dans le ſilence & dans l'ombre des nuits,
Loin des beaux jours d'Auguſte & d'Antoinette,
Elle ferait au milieu des plaiſirs,
Porter ſon deuil & naître des ſoupirs?

                            Non,

Non, la nature a fur vous trop d'empire;
Elle commande à tout ce qui refpire;
Elle fera, pour vaincre vos rigueurs,
Jaillir fur vous les larmes de vos fœurs:
Elles diront, quoi! c'eft e llequi bleffe
Du même coup le fang & la tendreffe?
Ces nœuds facrés font le premier devoir.
Toi qui connus leurs charmes, leur pouvoir,
Oferais-tu devenir inflexible,
Dans notre fein porter les derniers coups?
Ne fais-tu pas, Louife, comme nous,
Qu'une belle ame eft une ame fenfible;
Et pour ouvrir la nôtre à la douleur,
Pour l'accabler dans ce moment terrible,
Quel fort a pu dénaturer ton cœur?

OUVREZ LES YEUX, Princeffe, à cette image:
Le Ciel réprouve un indifcret hommage;
Du Trône au Cloître un efpace effrayant
Fait friffonner, alors qu'on l'envifage;
Qui le franchit,tôt ou tard s'en repent.
Combien eft-il de Vierges infidelles,
Dans le fecret dévorant leur tourment,
Souffrant du poids de leurs chaînes cruelles,
Et qu'au milieu des imprécations,
Du repentir victimes criminelles,
On voit maudir leurs confécrations (4)!
Pour pénétrer au fond de ces retraites,

C

Le noir Esprit a des routes secrettes;
C'est lui qui rend, dans ces lieux ténébreux,
Le Bapte impur (5) & le Bonze orgueilleux;
Il suit nos pas au sein des solitudes.
Pour nous livrer des combats plus affreux,
Il y conduit nos goûts, nos habitudes,
A nos loisirs il enchaîne l'ennui.
Dans sa noirceur & dans son artifice,
Souvent les sens sont d'accord avec lui;
Souvent soi-même on devient son complice.
Tel est, enfin, le comble du malheur,
Qu'on fuit le monde en y laissant son cœur,
Et qu'au remords un jour l'ame livrée,
Se débattant dans sa coupable horreur,
Maudit les vœux qui l'en ont séparée.

Ainsi parla le Tentateur pervers.
Louise, en pleurs, sent mollir son courage;
Tous ces tableaux, à ses regards offerts,
Sont pour son cœur une effrayante image.

Comme l'on voit sur l'empire des flots,
Les aquilons soulever la tempête,
Se déchaîner contre les Matelots,
Souffler l'orage & menaçant leur tête,
Des élémens retracer le chaos :
De même on vit cet Ange de l'abysme,

Porter le trouble en ce cœur magnanime;
S'enorgueillir d'avoir pu l'ébranler,
Et s'applaudir de l'avoir fait trembler.

Dans ce danger, Louife confternée,
Par la frayeur fent enchaîner fes pas;
Au pied du Chrift humblement profternée,
Elle y portait fon timide embarras.
Semblable à ceux qui, fous un nouveau Pôle,
Pendant l'orage, ont perdu leur bouffole,
Qui, dans la crainte où leurs fens font plongés,
Tremblent de peur de fe voir fubmergés:
Ainfi, Louife, en fon incertitude,
S'abandonnait à fon inquiétude,
Et triftement, craignant de s'égarer,
Se demandoit qui pouvoit l'éclairer.

Dans ces beaux lieux où la Marne & la Seine,
Près de Paris, fertilifent la plaine (6),
Eft un Palais, antique monument,
Dont la nature eft le feul ornement;
Séjour heureux, d'où celui qui l'habite
Veille au troupeau qu'il a fous fa conduite;
Où loin du monde, & loin de fes plaifirs,
Il donne à Dieu fes pénibles loifirs.
En reprenant courage à cette idée,
De moins d'horreur Louife eft obfédée;

Bientôt sa main secondant son ardeur,
Trace au Prélat le danger de son cœur;
Et vers Chriftophe un Meffager fidèle
Vole fur le champ en porter la nouvelle.

DIRAI-JE ici de quel étonnement
Il fut faifi dans cet heureux moment,
En fe peignant Louife au Sanctuaire,
Foulant aux pieds les grandeurs de la terre,
Et préférant les fentiers de la croix,
Au vain éclat de la pompe des Rois?
Non, difait-il, un deffein fi fublime
Ne peut venir de l'infernal abyfme;
Tous ces foupçons, ces craintes, cet effroi,
Tous ces combats qui s'élèvent dans toi,
Sont les efforts dont un Ange rebelle
Veut étouffer la grâce qui t'appelle,
Et dont il cherche à refroidir ton feu,
Troubler ton cœur pour éteindre ton zèle,
Et difputer la victoire à ton Dieu.
J'irai, Louife, au fecours de ton ame!
Il dit: il part, &, d'un pas empreffé,
Vole répandre en ce cœur oppreffé
Toute l'ardeur dont la fienne s'enflamme.

AINSI qu'on vit des murs de Sarepta (7),
En fecourant les enfans de Juda,

Un Saint Prophète , en leur ame incertaine
Porter le feu qui dévorait la fienne ,
Et fous le règne affreux de Jéfabel ,
Contre fes coups foutenir leur autel :
Tel on eût vu , plein d'une fainte audace ,
Ce Saint Prélat infpiré par la grâce ,
De l'ennemi qui venait l'affiéger ,
Braver l'atteinte & vaincre le danger.

BEAUMONT paraît : à fa feule préfence ,
Le calme naît dans fon efprit troublé ;
Leur cœur fans doute était d'intelligence ,
Il la devine avant qu'elle ait parlé ;
Dans fon tranfport, fa parole glacée
Se refufait au feu de fa penfée :
Tel eft celui que , du fein des foupirs ,
On voit paffer des peines aux plaifirs ;
Dans qui l'effet d'un changement rapide ,
Sufpend les fens & rend l'ame ftupide :
Telle en voyant Louife en cet inftant ,
Garder alors un filence conftant ,
On aurait cru , dans fon heureux délire ,
Qu'elle n'avait déjà plus rien à dire.

QUI N'A connu ce moment où l'efprit
Avec les fens fe confond & s'unit ,
Où le plaifir, où la douleur trop forte ,

Egalement l'enlève & le transporte,
Et malgré nous nous tenant enchaînés,
Eteint les sons que la bouche à formés?
Près de Christophe, ainsi l'on vit Louise,
Sur lui jetant un regard satisfait,
En éprouvant cette heureuse surprise,
Sans dire un mot, peindre ce qu'elle tait.
Il la comprend; les Saints ont leur langage :
Il se prosterne, &, les mains vers le Ciel,
Heureux d'avoir ranimé son courage,
Sur la Princesse implore l'Eternel.

ÊTRE SUPRÊME, ô mon souverain maître!
Prête l'oreille à la voix de ton Prêtre;
Si c'est de toi que Louise a reçu
L'heureux dessein que ton cœur a conçu,
Viens écarter toi même le nuage,
Dont l'Enfer veut obscurcir son ouvrage :
Viens à présent toi même m'inspirer;
Accorde-moi tous les dons en partage:
Eclaire moi pour pouvoir l'éclairer.
Mais que plutôt, que ton esprit lui-même,
Grave en son cœur ta volonté suprême:
Que ses accens s'élèvent jusqu'à toi,
Et que la grâce en ce cœur qui t'adore,
En ajoutant au feu qui la dévore,
Ouvre ses yeux, & lui montre ta loi.

Daigne la voir à tes pieds confondue ;
Dans les fanglots de fon ame éperdue ,
Avec tranfport te crier par ma voix :
C'eft vainement que je fuis combattue ;
Sur moi l'amour t'a donné tous fes droits.
Il n'eft plus rien que mon cœur te préfère ;
Et le feul bien qui puiffe m'enflammer ,
Le feul lien qui m'attache à la terre ,
C'eft, ô mon Dieu, le bonhe urde t'aimer.

D'UN ŒIL qui porte & la foudre & la crainte ;
Dieu fait rentrer dans fes antres profonds ,
Le Tentateur dont la perfide atteinte
A fait gémir la Fille des Bourbons ;
On aurait vu ces efprit de ténèbres ,
S'enfuir alors en leur cachots funèbres ,
Et dans ces lieux d'abomination ,
Porter leur honte & leur confufion.

DIEU VOUS ENTEND , s'écria l'Héroïne :
Je brûle : il parle ; & de fa voix divine ,
Je reconnais l'oracle précieux !
Un nouveau feu m'embrafe, m'illumine ,
Il a tracé mon devoir à mes yeux :
Heureux Prélat, confervez votre zèle ,
Guidez mes pas où fa grâce m'appelle . . .
Mais toi, mon Père, ô comble de douleur !

Dans ce moment, quel moment pour ton cœur!
O Ciel! pardonne à ce dernier murmure;
C'eſt le dernier ſoupir de la nature;
Et cache au moins, dans nos triſtes adieux,
Cache les pleurs que répandront ſes yeux.

COMME UN HÉROS au ſentier de la gloire,
D'un pas hardi, s'avance à la victoire,
Et touche au but de l'immortalité;
Ou comme on vit aux champs de Béthulie,
Par un Prophète une femme aguerrie (8),
Vaincre ſon ſexe & ſa timidité,
Porter la mort, & d'une main hardie
Sauver les ſiens de la captivité;
Telle on la vit, de la grâce embrâſée,
Voler au Roi, déclarer ſa penſée,
Et dévorer d'avance le chagrin
Que cet aveu va porter dans ſon ſein.

CHRISTOPHE ému, ſe confond & l'admire:
A ce prodige, à ce nouveau bienfait,
Il reconnaît la grâce & ſon empire,
Veille ſur elle, & d'un œil ſatisfait,
Il ſuit de loin tous les pas qu'elle fait.

MUSE, à préſent, redis-nous par quels charmes
Elle a choiſi cet aſyle de larmes,

Pourquoi fon cœur alors fe décida
A préférer la Fille d'Avila (9) ;
Et décris - nous la noble jaloufie
Qu'elle excita dans la fainte Patrie.

Fin du Chant fecond.

ARGUMENT.

*T*ANDIS *que Louiſe informe le Roi de ſon projet, l'Archevêque de Paris ravi en extaſe dans le Ciel, voit en ſonge différens Fondateurs de Monaſtères ſe diſputer ſaintement la gloire d'avoir la Princeſſe dans leur Ordre. Réſolution de Sainte Thérèſe pendant leurs débats, & ſon triomphe. Beaumont fait part de ſa viſion à Louiſe ; les adieux de cette Princeſſe à ſon Père, & ſon départ pour Saint Denis.*

CHANT TROISIÉME.

Esprits pervers & réprouvés des Cieux,
Sombres enfans d'un fystême orgueilleux ;
Vous, dont l'horreur de vos dogmes coupables
Prend hardiment la vérité pour fables :
L'impiété vous a fermé les yeux.
Ne dites plus, en voyant ces myftères,
Ne dites plus que l'Être Tout-puiffant
Nous abandonne en ce trifte néant ;
Et qu'infenfible & fourd à nos prières,
Son cœur trop grand dédaigne nos misères.
Mon Dieu n'eft pas celui que vous peignez :
Venez du mien entendre les Prophètes (1) :
Venez ici voir Louife à fes pieds ;
Vous le verrez, en veillant fur nos têtes,
Nous éclairer & joindre à fon fecours,
Ce feu facré qui nous guide toujours.
Ses foins conftans, fa fage Providence,
A nos befoins prêtent leur affiftance ;
Et fi, fouvent, nous femblons fans appui,
Faible jouet de fa propre inconftance,
C'eft notre cœur qui s'éloigne de lui.

Du haut des cieux il avait vu Louife
Vaincre l'Enfer, réfifter au danger ;

Par les efforts de son ame soumise,
Franchir l'écueil, combattre & triompher:
Il acheva l'ouvrage de sa gloire ;
Et ce moment décida sa victoire.
Ce fut alors que le Ciel retentit
De mille accens que Chriftophe entendit,
Et dont les sons, en redoublant sa flamme,
Vinrent ravir & pénétrer son ame.

Tel est l'effet des plaifirs trop ardens,
Que leurs excès engourdiffent nos fens ;
Que notre cœur ne peut dans sa faibleffe,
En foutenir long-temps toute l'ivreffe,
Et qu'il fuccombe aux doux raviffemens,
Où le pouvoir de leurs charmes nous laiffe.
C'eft la nature alors qui nous trahit,
Qui fe refufe & qui manque à l'efprit:
Mais elle fait, pour réparer fes forces,
Adroitement en détourner l'objet:
Pour en détruire & l'empire & l'effet,
Un doux fommeil nous offre fes amorces,
Et c'eft toujours dans ce tendre repos,
Que le Ciel daigne infpirer fes Héros.

Tel, sur les bords où le Tigre & l'Euphrate
Roulent leurs eaux dans des lits d'aromate;
On vit jadis un Patriarche heureux (2),
Dans son extafe, élevé jufqu'aux cieux,

Percer la nuit du plus profond myſtère,
Nous annoncer le Sauveur de la terre ;
Et révélant à ſa poſtérité,
Ou ſes revers, ou ſa proſpérité,
Juſqu'aux neveux de ſa race future,
Fidèlement en tracer la peinture.

Ainsi que lui vaincu , par le ſommeil,
Beaumont alors eut un ſonge pareil :
Il cède au charme où ſa douceur le plonge.
Bientôt ſurpris, emporté par un ſonge ,
Ses yeux, fermés à la clarté du jour,
Crurent s'ouvrir au céleſte ſéjour.

Qui peut tracer une image fidelle
De ces lieux pleins de la Divinité ,
De ce ſéjour que ſa gloire immortelle
Daigne remplir de ſon immenſité ;
Où pour jamais la Vertu couronnée
Peut à ſon gré, contemplant ſon Auteur,
Près de ſon Dieu bénir ſa deſtinée ;
Où l'ame enfin près de ſon Créateur,
Libre des ſens qui l'avaient enchaînée ,
Peut avec lui partager ſa grandeur ?

C'est-là qu'il vit que l'ouvrage des hommes ,
Leurs monumens, ne ſont que des fantômes ,
Stériles fruits de leur ambition,
De leur faibleſſe ou de l'illuſion,

Près de celui qui peut de fon tonnerre,
Confondre enfemble & le Ciel & la Terre,
Anéantir & créer tour-à-tour
L'aftre des nuits ou le flambeau du jour,
Et qui d'un mot peut, felon fa penfée,
Rendre au néant la nature écrafée,
Comme à fon gré par de nouvelles loix,
Du même bras qui l'avait engloutie,
En lui rendant une nouvelle vie,
La reproduire une feconde fois.

Laissons aux Saints, de fa gloire ineffable,
A nous tracer un tableau véritable ;
Et de Chriftophe apprenons maintenant,
Dans ce fommeil heureux & favorable,
Quel fut le fruit de fon raviffement.

Le tout-Puissant a, de toutes manières,
Dans fes bontés, fecouru nos mifères,
Et chaque Peuple au féjour éternel,
Pour lui porter fes vœux & fes prières,
A fous fes pieds fon Ange & fon Autel.
Déjà Chriftophe en fait la différence,
Lorfque de loin appercevant des lys,
Impatient, il accourt, il avance,
Et reconnaît alors dans Saint Louis,
L'augufte appui, le Patron de la France,
Entretenant Charlemagne & Clovis.

Allons graver au Temple de mémoire,
Difait le Saint, un prodige nouveau;
Le Ciel permet que, d'un plus beau tableau,
Louife encore illuftre notre Hiftoire.
Sujets heureux! qu'il vous montre d'amour!
Que de tendreffe & d'éclat dans un jour!
A tous les biens dont fa grâce infinie
Daigne aujourd'hui combler notre Patrie,
Qui ne dirait, en voyant fon bonheur,
Qu'elle devient fa Nation chérie,
Et qu'il en eft le premier Protecteur?
Qui ne croirait, aux biens dont elle abonde,
Qui ne croirait, enfin, que les Français
Sont aujourd'hui les fils aînés du monde,
Tant fa bonté leur promet de bienfaits?

MONARQUE HEUREUX, toi qui remplis ma place,
Prince adoré de ce Peuple foumis,
Quel monument doit furvivre à ta trace,
Dans les vertus, de ton fang, de ta race,
Et dans l'hymen d'Antoinette & ton Fils!
Oui fous leur Regne, heureufe & tendre image
Des jours fereins & purs du premier âge,
On le verra, dans le fein du bonheur,
Même après toi, béniffant ton ouvrage,
Te faire encor revivre dans fon cœur.

BEAUMONT prêtoit une oreille attentive,
Lorfque foudain s'élève un nouveau bruit;

La même ardeur l'entraîne, le conduit ;
Il veut tout voir ; il s'empreſſe, il arrive :
Louis y vole, & Chriſtophe le ſuit.

Avec ardeur il voit ces Solitaires,
Pieux Auteurs de tant de Monaſtères,
Se diſputer, non comme les humains,
Le fiel dans l'ame & le fer dans les mains,
Mais de ce zèle exempt de jalouſie,
Qui ne connaît ni l'orgueil ni l'envie,
Et qui toujours au milieu du débat,
Rapporte à Dieu la gloire du combat.
Depuis qu'au Ciel le projet de Louiſe,
Fut annoncé par le cri de l'Egliſe,
C'était à qui jouirait de l'honneur
De conſacrer la victime au Seigneur,
Et d'enchaîner alors par préférence,
Ce tendre cœur ſous ſon obéiſſance.

BRUNO, Benoît, Auguſtin & Bernard,
Norbert, Antoine, Urſule, Dominique,
Juſqu'au Patron de l'Ordre Séraphique,
La deſiraient deſſous leur étendard ;
Chacun vouloit illuſtrer ſa famille,
Des vœux ſacrés de cette auguſte Fille,
Et dans ce cœur ſi rempli de vertus,
Donner au Ciel une Sainte de plus.
Dans ſes deſirs, cette troupe fidelle

Croyait

Croyait encore, en briguant cet honneur,
Prouver à Dieu fa ferveur & fon zèle;
Car, pour les Saints, eft-il d'autre bonheur
Dans le féjour de la gloire éternelle ?

THERESE alors, dans ce pieux débat,
Avait laiffe commencer le combat;
Et de Dieu feul efpérant la victoire,
Fut à fes pieds en obtenir la gloire.

Vous, lui dit-elle, ô vous dans qui mon cœur
A jufqu'ici rencontré fon bonheur,
Qui, dès long-temps, à mon ame jaloufe
Avez donné le nom de votre Epoufe,
Daignez encore exaucer dans ce jour,
Le dernier vœu qui refte à mon amour.
Dieu tout puiffant! dans votre Sainte Eglife,
En ce moment de bénédiction,
Si vos décrets vont enchaîner Louife,
Si fes liens, fa confécration,
Sont un triomphe à la Religion,
Que ce foit moi du moins qui la conduife
Dans les fentiers pénibles de Sion:
Daignez, Seigneur, exaucer ma prière,
Et que Therèfe aujourd'hui foit fa mère.
Dieu l'entendit, & fon efprit divin,
En paraiffant repofer fur fon fein,
Sut lui prouver, par cette grâce infigne,

D

De ses bontés gage cher & certain,
Que l'Éternel l'en reconnaissait digne.

CETTE FAVEUR, aux célestes Esprits,
Fut aussi-tôt apprise par Louis,
Qui, sur le sort de l'auguste Princesse,
Depuis long-temps, veillant avec tendresse,
N'attendait plus que l'instant où le Ciel
Désignerait à Louise un Autel.

PAR LE Seigneur, Thérèse préférée,
De ses rivaux fut bientôt célébrée,
Et leurs débats se changeant en accords,
Sous les lambris de la voûte azurée,
Tout retentit de leurs sacrés transports.
Beaumont s'éveille au bruit qu'il vient d'entendre,
De son extase encor tout pénétré,
Vole à Louise & brûle de lui rendre
Comment, pour elle, il vient d'être inspiré.
Long-temps, en vain, il la cherche, il l'appelle;
Où la trouver ? L'amour la retenait
Auprès d'un Roi, d'un père qui l'aimait,
Qui, consterné de l'excès de son zèle,
Désespéré du vœu qu'elle formait,
Le combattait, & pleurait avec elle.
Ce fut alors qu'on aurait entendu
Le sentiment ébranler la vertu;
Dans ses sanglots élever jusqu'aux nues,

Le défefpoir d'avoir été vaincu,
Et tous les cris des entrailles émues :
On aurait vu le devoir & l'amour,
En foupirant, combattre tour-à-tour,
Et s'innonder, de larmes répandues.
Tendre nature, en ce trifte moment,
Qu'un cœur fenfible eft un cruel préfent !
Ecoutons-la s'écrier : ô mon Père !
Si ta Louife à ton ame fut chère,
Epargne-lui ces plaintes dont ton cœur
Trouble le fien ; tu lui rends fa douleur,
En cet inftant, plus vive & plus amère :
Pourquoi veux-tu combler ton défefpoir
Du doute affreux de trahir fon devoir ?
Pourquoi lui rendre encore plus pénible
Le trifte effort de cet adieu terrible ?
Son cœur fe brife .... & , dans fon embarras,
Mon Roi, mon Père, hélas ! s'il eft poffible,
Cache tes pleurs, ou ne les répands pas.
Jette les yeux fur ta tendre Famille,
Vole en fon fein, vole oublier ta Fille ;
Que tes foupirs n'arrêtent plus fes pas.
Entends ton Dieu ; c'eft fa voix qui l'appelle :
Et tu pourrois voir Louife infidelle,
Lui réfifter & combattre pour toi,
Sa volonté, fon précepte & fa loi !
Non : les bienfaits dont il combla ta vie,
Ton zèle ardent pour la Religion,

D ij

La piété dont ton ame eſt nourrie,
Tout lui promet ta réſignation.
De tous les Rois qui plus que toi peut dire :
J'ai des Sujets, leur cœur eſt mon empire,
J'y règne en maître, & mon nom, chaque jour,
S'y voit tracé par les mains de l'Amour ?
Si tout cela ne peut encor ſuffire
A diſſiper, à calmer tes ennuis,
En ce moment, vois l'hymen te ſourire
Et deſtiner Antoinette à ton Fils :
Vois leurs rameaux reproduire ta tige,
Nous aſſurer de dignes rejetons,
Et nous prouver, par un heureux prodige,
Qu'une même ame anime les Bourbons.
Que cet eſpoir ſoutienne ton courage :
En me perdant, le Ciel t'en dédommage;
Tu le verras adoucir ta douleur,
En remplaçant ce qu'il ôte à ton cœur,
Et ſes bienfaits rendront à ta Famille,
Dans Antoinette, une nouvelle Fille.

ON AURAIT VU ſur le ſein attendri
De ce bon Roi, de ce Père chéri,
Louiſe alors de ſes pleurs arroſée,
Preſſer ce ſein que la peine a flétri ;
Porter le calme en ſon ame oppreſſée,
Et tous les deux accablés de douleur,
Unir leurs ſons, confondre leur penſée,
Gémir enſemble & ſoulager leur cœur.

GRAND ROI, pardonne au tranſport qui m'enflamme,
Si j'oſe ici pénétrer dans ton ame :
Ton Peuple fait ta ſenſibilité ;
Elle eſt le gage, ô Louis ! ô mon Maître !
Et le tréſor de ſa félicité.
C'eſt de l'amour que l'amour ſeul peut naître ;
En nous aimant, tu méritas de l'être ;
Tu le ſeras dans ta poſtérité.
Non, de tes pleurs une ſource auſſi pure,
Ne peut, grand Roi, qu'ennoblir la nature :
Une ame tendre, ouverte au ſentiment,
Ou les partage, ou les verſe aiſément,
Et tes Sujets qui t'ont vu les répandre,
Seront trop-tôt forcés de te les rendre.

AINSI LOUISE achevait ſes adieux,
Lorſque Beaumont ſe préſente à ſes yeux ;
De ſon extaſe il lui traça l'image,
Et lui montra l'Autel où ſon courage
Devait enfin aller porter ſes vœux.
Et de ſon zèle y conſommer l'ouvrage.
Elle connut, au feu de ſon tranſport,
Qu'avec le Ciel Chriſtophe était d'accord :
Elle obéit ; le zèle qui l'enflamme
Ne laiſſe plus de liens dans ſon ame ;
Plus de ſoupirs, & la tranquillité
Sur ſon front brille avec ſérénité.
Tels qu'autrefois on vit les Machabées,

D iij

Impatiens de mourir pour leur loi,
Dans le printems de leurs tendres années,
Se difputer les tourmens fans effroi;
Les prévenir enfemble avec délices,
Et voler tous de la pourpre aux fupplices :
Telle Louife, avec la même ardeur,
Hâta l'inftant où fon ame fublime,
Où la vertu, maîtreffe de fon cœur,
Brûlait déja d'immoler la victime.

PONTIFE HEUREUX, ne l'abandonne pas;
Le Tentateur au fond du Sanctuaire,
Pourrait encor lui déclarer la guerre :
Chriftophe, acheve, & veille fur fes pas.

L'ORDRE EST DONNÉ, le départ qui s'apprête
Lui paraiffait le moment de fa Fête;
Elle goûtait d'avance les douceurs
De ces inftans tranquilles & paifibles;
Volupté pure & loifirs enchanteurs,
Que la retraite offre aux ames fenfibles,
Où la vertu commande aux paffions;
Force les fens à chérir fes leçons,
Et dont l'heureufe & tendre jouiffance,
Gage affuré de la félicité,
En condamnant la nature au filence,
Devient le prix de ce qu'elle a coûté.

ON NE FUIT pas aifément qui nous aime.
Louife voit fa Cour, pour l'arrêter,
Suivre fes pas , & fe précipiter :
Elle s'arrache à fon cœur, à foi-même;
Dans fes adieux tout fert à l'attrifter ;
Tout fond en pleurs, & fa fuite accablée
Comble les maux dont fon ame eft troublée.

MES CHERS ENFANS , dit - elle avec bonté ,
Si vous aimez encor votre Maîtreffe ,
Epargnez donc fa fenfibilité ;
En la perdant, fon amitié vous laiffe
Le fouvenir de toute fa tendreffe (3) ;
Confervez-lui votre fidélité ;
Dans ce moment ménagez fa foibleffe ;
Puis tour-à-tour les preffant fur fon fein,
Cachant fon trouble & voilant fa trifteffe ,
Elle s'échappe , & fe met en chemin.

SUIVONS SES PAS au milieu des épreuves ,
Où pour le Ciel la vertu fait fes preuves ;
Dans les fentiers pénibles de la Croix ,
Suivons encor la Fille de nos Rois ;
Et de ce Dieu qui mène à la victoire ,
Chantons enfin les bienfaits & la gloire.

Fin du Chant troifième.

D iv

ARGUMENT.

LOUISE arrive à Saint Denis : son entrée au Monastère des Carmelites ; l'embarras des Religieuses à sa réception, & comment Sainte Thérèse le termine ; l'édification de la Princesse, son humilité & sa résignation ; le terme de son sacrifice ; l'Archevêque de Paris reçoit ses vœux, & Sainte Thérèse retourne au Ciel.

CHANT QUATRIÈME.

Malheur à ceux qui dans des cœurs de glace,
Ont étouffé les rayons de la Grâce,
Et, qui féduits ou trompés par l'erreur,
Avec mépris en dédaignent l'Auteur !
Fils du Menfonge & de l'ingratitude,
Eft-il pour toi de fupplice trop rude,
Pour expier ces mépris infultans
Qu'un fi bon Père éprouve en fes enfans ?
Rentre en toi même. Ingrat, à qui s'adreffe,
Dans tes befoins, le cri de ta faibleffe ?
Cœur facrilége, efprit blafphémateur,
Enfeveli dans l'horreur qui te couvre ;
Toi dont l'orgueil infulte au Créateur (1),
Ne crains tu pas que Dieu ne te découvre,
Et que fon bras ne vienne t'écrafer
Deffous l'autel que tu veux renverfer ?
Vois-tu le jour qu'il punira tes crimes (2) ?
Perdu, profcrit, fans pitié, fans efpoir,
Tu gémiras dans la nuit des abyfmes ;
A te confondre il mettra fon pouvoir,
Et c'eft alors qu'en ces fombres afyles,
En répandant des larmes inutiles,
Tu trouveras, dans tes regrets cuifans,
Et tes bourreaux & tes premiers tyrans.

Ce Dieu jaloux, fous les yeux de l'Impie,
Retracera l'oppobre de fa vie:
Saifi d'horreur, & lui-même effrayé
De voir alors fon fpeftre dépouillé,
Réduit à fuir jufques à fon image,
Il frémira d'épouvante & de rage,
Et du remords l'implacable fureur,
Affreux tourment de fon fein miférable,
Cruel fléau, vautour impitoyable,
Enfoncera fes ongles dans fon cœur.

MAIS épargnons à des ames fenfibles
Le noir tableau de ces tourmens horribles;
Peignons l'amour, ce fentiment de feu
Qui place l'homme à côté de fon Dieu;
Peignons encor la grâce qui l'infpire,
Et dans Louife admirons fon empire.

PRÈS DE PARIS, eft un lieu révéré (3),
Cher à la France, afyle confacré,
Où de nos Rois la cendre glorieufe,
Repofe en paix dans une enceinte heureufe;
C'eft-là qu'on vit jadis avec fuccès,
Un faint Martyr, Apôtre des Français,
Perfécuté par des mains infidelles,
Vaincre & cueillir des palmes éternelles:
C'eft encor là que la Religion
A raffemblé ces Filles de Sion,

Qui fous les loix de leur tendre Patronne,
Tableaux vivans de toute fa ferveur,
En l'imitant, méritent fa couronne,
Et qui, comme elle, avec la même ardeur,
Paffent leurs jours à bénir le Seigneur.

C'EST-LA, Louife, où la Grâce t'appelle :
Fille fenfible, achève & fois fidelle.
Ton cœur frémit en découvrant ces tours,
Terrible afyle & retraite éternelle,
Qui doit bientôt enfevelir tes jours ;
Où, pour jamais, du trône féparée,
Nous te verrons, par tes vœux confacrée,
De tes grandeurs perdre le fouvenir,
Et dans les croix commencer à mourir. (4).
Raffure-toi : fur des tiges amères
Tu trouveras des douceurs falutaires ;
Dans ce féjour de prière & de paix,
Tu chériras le bien pour fes attraits :
Les fruits heureux dont cet afyle abonde,
Sont au-deffus des chimères du monde ;
Leur amertume, en nous purifiant,
Dans notre fein ne fouffrant rien d'immonde,
Rend l'ame fainte & le cœur innocent.

RIEN NE T'ARRÊTE, ô Fille courageufe !
Apprends du moins en cette extrémité,
Où te conduit ton ame impétueufe ;

Ignores-tu qu'ici la piété
Ne fe nourrit que dans l'obfcurité ;
Que fous ces toits qu'habitent le filence,
L'humilité, l'aveugle obéiffance (5),
C'eft chaque jour quelque nouvel effort ;
Que chaque pas, eft un pas vers la mort,
Que fous l'efprit la chair anéantie,
Dans cet afyle, image des tombeaux,
Renonce à tout, ne tient plus à la vie,
Ne goûte plus ni douceurs ni repos ?
Ignores-tu que le jeûne & les larmes
Ou flétriront, ou détruiront tes charmes ;
Que mille objets, dans ces triftes réduits,
Autour de toi raffemblant les alarmes,
Viendront troubler le repos de tes nuits?
Fille d'amour ! tu connais fa puiffance :
Fut-il jamais pour lui de réfiftance ?
Ce feu divin qui brûle dans ton cœur,
N'y laiffe plus ni crainte ni terreur :
C'eft un tranfport dont l'ineffable ivreffe
Nourrit, échauffe, entretient notre ardeur,
Et change en nous jufqu'à notre faibleffe :
C'eft un torrent qui du haut des coteaux,
Vient entraîner leur maffe dans fes eaux,
Et qui, fondant au milieu des campagnes,
Forme, en roulant, de nouvelles montagnes.
Divin amour ! pour pouvoir t'exprimer (6),
Comme Louife, il faut favoir aimer.

D'UN PAS HARDI, d'une démarche ferme,
Elle s'avance, elle approche du terme :
La porte s'ouvre : on craint de fe tromper,
On s'interroge, on fe plaît à douter ;
On aurait vu ces Filles folitaires,
A fon abord, à fes traits enchanteurs,
Pour l'admirer, fufpendre leurs prières,
Se demander : eft-ce une de nos Sœurs ?
Et, de concert, chaque vierge empreflée,
A fa compagne exprimer fa penfée.

TELS que l'on vit les Juifs à Nazareth,
Près d'adorer le fils d'Elifabeth (7),
Lui dire entre eux : réponds-nous fans myftère ;
Sous cet éclat dont tu nous éblouis,
Es-tu le Chrift, un Ange, ou notre Frère,
Es-tu le Dieu qui nous était promis ?
De même, on vit ces Filles étonnées,
Prêtes, comme eux, à tomber profternées,
En ce moment lui dire avec refpect :
Raffure-nous dans le trouble ou nous fommes ;
Révèle-nous toi même ton fecret :
Es-tu la Fille, ou du Ciel, ou des Hommes ?
Et fur ton fort éclairant notre efprit,
Dans ce féjour dis-nous qui te conduit.

THÉRÈSE, au fein de la béatitude,
En contemplant leur fainte inquiétude,

Se préparait à venir ici bas,
Guider Louise & soutenir ses pas.
Elle franchit ces voûtes glorieuses,
Que Dieu forma pour les ames heureuses ;
Et dans l'instant, par un charme nouveau,
Elle se mêle à sa tendre famille ;
Bientôt Thérèse, en joignant son troupeau,
Tient ce discours à sa nouvelle Fille :

Pourquoi cacher la gloire de ton rang ?
Non, tu n'es pas une Fille ordinaire ;
A tous tes traits je devine ton sang,
J'en reconnais l'auguste caractère.
A ton éclat, à tout ce que je vois,
Tu dois le jour au plus chéri des Rois,
Que viens-tu faire au milieu de nos larmes ?
As-tu pensé trouver ici des charmes,
Espères-tu rencontrer parmi nous,
Des biens plus purs & des plaisirs plus doux ?
Nous l'avouons, Louise, il peut en être,
Mais que le monde est loin de les connaître !
Que sur le prix qu'il attache à ces biens,
Plus clairvoyans, moins prévenus peut-être,
Nos yeux ici sont différens des siens !
Pour qu'avec nous le siècle se rapporte,
De nous à lui, la distance est trop forte :
Ce qui le charme, est pour nous sans appas,
Ce qui nous plaît ne le charmerait pas ;

Et c'eſt ainſi, que peu d'accord enſemble,
Le cloître & lui n'ont rien qui ſe reſſemble.

Dis-nous pourquoi, du faîte des grandeurs,
Tu viens troubler le repos de nos Sœurs?
Comment encor, du trône deſcendue,
D'un ſi haut rang dédaignant les douceurs,
Tu peux ici te trouver confondue !
Quel mouvement, ou faint ou curieux,
Peut te conduire aujourd'hui dans ces lieux
Eſt-ce qu'au ſein d'un aſyle ſauvage,
Tu chercherais quelque nouvel hommage ?
La Piété ne connaît ni les rangs,
Ni les honneurs que l'on accorde aux Grands:
A nos regards les enfans de la terre,
Sont tous pétris de la même pouſſière ;
Et, parmi nous, l'eſprit d'humilité,
Des vains honneurs déteſtant la chimère,
Détruit les droits de l'inégalité (8).

Dieu seul connaît, lui repartit Louiſe,
L'intention de mon ame ſoumiſe:
Si quelquefois j'ai reſpiré l'encens,
Qu'au pied du Trône offrent les courtiſans ;
J'ai toujours ſçu, loin d'en être charmée (9),
Avec prudence éloigner ſa fumée ;
Je ſais encor qu'en l'eſpace du temps,
Que le Ciel donne à notre deſtinée,
De nos pouvoirs l'étendue eſt bornée,

Et que nos jours ne font que des momens;
Que plus le monde augmente à notre vue,
Et plus le Ciel à nos yeux diminue;
Qu'en ce néant tout n'eft que vanité,
Illufion, menfonge, iniquité,
Et qu'en un mot, comme a dit un Apôtre,
Trop aimer l'un, c'eft s'éloigner de l'autre.
Mon Dieu m'a peint ici d'autres douceurs:
Je viens, ma fœur, les chercher fur vos traces;
Il m'a montré le vuide des grandeurs;
Vous m'apprendrez à mériter fes grâces:
Heureufe enfin, fi j'y peux parvenir,
Et, comme vous, apprendre à le fervir!

EN L'ÉCOUTANT, Thérèfe était ravie.
Pour mieux juger de fa ferveur,
Pour éprouver fa Novice chérie,
C'eft vainement qu'elle trace à fon cœur
Tous les tableaux d'une auftère rigueur:
Rien ne l'ébranle; & Louife enflammée,
Par les tranfports d'un faint zèle animée,
A tous ces traits, redoublant fon ardeur,
Brûle déjà de fe voir couronnée,
Et fa ferveur rend leur ame étonnée.
Comme un vaiffeau qu'on renverfe à deffein,
Laiffe bientôt paraître à notre vue,
L'empreinte humide où l'onde eft répandue;
Telle fixant leur efprit incertain,
Son éloquence a pénétré leur fein.

En

En l'écoutant, le charme s'infinue.
Elle triomphe , & leur ame eft vaincue;
Rien ne réfifte à ces difcours preffans ,
Et de Louife on céde aux vœux ardens.

CE NE font plus ces fuperbes portiques,
Ces ornemens, ces lambris magnifiques,
Où les talens ont répandu par-tout
L'art du génie & les efforts du goût.
Une Cellule, où le jour luit à peine ,
Eft la demeure où Thérèfe la mène;
D'un Dieu mourant le précieux tableau
Eft l'ornement de ce Palais nouveau.
Qu'y trouve-t-elle? Un cilice, une haire,
Tout ce qui peut, enfin, dans ce réduit,
Nous détacher des liens de la Terre,
Et rendre purs & la chair & l'efprit.
Dans ces rigueurs dont ton ame s'enivre,
Que n'ai-je affez de force pour te fuivre?
Tu me verrais, Louife, dans ces Vers ,
De tes Vertus étonner l'Univers;
Je tracerais une image touchante,
Des biens que goûte une ame pénitente.
J'exprimerais tes généreux efforts,
Ton zèle ardent , tes fublimes tranfports;
De ton amour j'allumerais les flammes
Dans tous les cœurs & dans toutes les ames,
Et l'on verrait les mortels, à ma voix,
Devenir tous les enfans de la Croix.

E

C'EN EST DONC FAIT, un inftant la détache
De ces grandeurs où fon deftin l'attache;
Nous la voyons, aux emplois les plus bas
Prêter ici fes membres délicats,
Suivre gaiement fa pénible carrière,
A fa ferveur fe livrer toute entière;
Se profterner les bras levés au Ciel,
Paffer les jours & les nuits à l'Autel;
Et, par fon zèle, enfin, dans ce Saint Temple,
Servir déjà de modèle & d'exemple.

DIS-NOUS, Therèfe, avec quelle douceur,
Quelle vertu, quelle ame, quelle ardeur,
Elle a paffé ce temps d'obéiffance;
Comment elle a furmonté fa rigueur:
Le zèle a-t-il fur nous tant de puiffance,
Qu'il fache vaincre & triompher dans nous,
Des paffions, des penchans & des goûts?
Toi qui pouvais, au fond de fa retraite,
Etre témoin de fa peine fecrette,
Illuftre Sainte, apprends-nous les efforts
Que fur fon cœur elle faifait alors;
Mais je me tais, une image fublime
Peut nous ravir, & jamais ne s'exprime.

TOUT ce que put inventer la ferveur,
L'humilité, les veilles, l'abftinence,
L'auftérité, le jeûne, le filence,
Pour épurer & difpofer fon cœur;

Tout nous apprit que son ame fidelle
Ne voyait rien au-dessus de son zèle :
C'est une rose auprès de mille fleurs,
Qui, dans l'éclat de sa fraîcheur nouvelle,
Sait, en naissant, atteindre les couleurs,
Et le parfum, & l'émail de ses sœurs
Que le printems fit éclore avant elle.
Point de regrets, de plaintes, de langueur,
Son œil serein voyait tout sans frayeur ;
Ainsi Louise, en Vierge magnanime,
Sans murmurer, au sein de la douleur,
Purifiait d'avance la victime.

LE TERME APPROCHE : elle touche à l'instant
Que desirait son cœur impatient ;
Ce tendre cœur n'a plus rien qui l'arrête,
Chacun accourt avec empressement :
Beaumont paraît, déjà l'Autel s'apprête ;
De toute part, en ce dernier moment,
On veut la voir, l'admirer & l'entendre :
Louise va prononcer son serment ;
On veut jouir d'un spectacle si tendre (10).

O CITOYENS ! j'entends gémir vos cœurs ;
De la piété, je voit couler les pleurs :
Au bruit, déjà, succède le silence ;
L'Autel est prêt, le Pontife s'avance ;
Un Saint Lévite, au milieu des flambeaux,
Porte le voile & les sacrés bandeaux :

E ij

De tous côtés les Vierges se rassemblent;
Elle paraît, tous les Spectateurs tremblent,
Et, dans l'effroi qui les vient agiter,
Semblent atteints du coup qu'on va porter.
Tels que l'on vit les Peuples de l'Aulide
Suivre les pas d'une Fille timide;
Sentir le coup qu'elle venait chercher,
Et de leurs pleurs arroser son bûcher :
Telle on eût vu cette triste Assemblée,
A son aspect, inquiette & troublée,
Se plaire alors, au sein de la terreur,
A partager le frisson de l'horreur.

Un Saint Prélat, l'Orateur de l'Eglise (11);
Vient l'exciter à remplir son destin;
Seme des fleurs sous les pas de Louise,
Et de son art enchanteur & divin,
Répand encor l'onction dans son sein.

Tendre Princesse, allez à la victoire;
Allez, dit-il, consommer votre gloire;
Volez, croissez dans les champs de Sion,
Comme un appui de la Religion :
Tels ces palmiers, qui, des mêmes ombrages,
Dans nos vallons, couvrent différens âges,
Et dont le tems respectant les rameaux,
Malgré l'effort des vents & des orages,
Rend leur verdure & leurs bienfaits nouveaux;

Telle on verra la Vertu plus fidelle,
Survivre aux tems, s'allumer de vos feux,
Se ranimer à votre heureux modèle,
Et se transmettre à nos derniers neveux.

BEAUMONT n'a plus ce regard qui console ;
Elle distingue à peine sa parole ;
Un air sévère, imprimé sur son front,
Lance en son ame, un trait qui la confond :
Elle frémit, & dans son trouble extrême,
Ne trouve plus Christophe dans lui-même.
Apprends-nous donc, digne Consolateur,
Dans ce moment, ce que devint ton cœur :
Dieu tout puissant! dans l'œuvre qu'il consomme
Que ton Ministre en impose aux mortels!
Que le Pontife est différent de l'homme,
Et qu'il est grand au pied de tes Autels (12)!

LES YEUX fixés sur le Saint Tabernacle,
Chacun attend le moment du miracle ;
Le glaive est prêt, l'encensoir allumé,
Et l'Holocauste est déjà couronné :
Beaumont se lève, appelle la victime ;
Louise tremble, & Therèse l'anime ;
Elle chancelle, avance avec frayeur,
Et tombe aux pieds du Sacrificateur.
L'humanité réclama la nature :
En ces instans d'angoisse & de douleurs,

Chriftophe ému fentit couler fes pleurs;
Il combattit quelque tems fon murmure,
Et détournant fes regards vers le Ciel,
En foupirant s'adreffe à l'Eternel.

O Dieu! dit-il, qui vois fon facrifice,
Entends fes vœux & deviens lui propice;
Reçois fon cœur; peux-tu le dédaigner?
C'eft ton ouvrage, & tu dois y régner.
Viens donc, avant que le glaive ne frappe,
Viens donc jouir des foupirs qu'elle échappe;
Ils ne font plus le tribut de l'effroi,
Elle a laiffé la nature loin d'elle:
Dieu tout puiffant! fon ame eft trop fidelle,
Pour en former qui ne foient pas pour toi.
Si tu reçois l'hommage de fon zèle,
Si fon offrande eft digne de tes yeux,
Que ton tonnerre éclate dans ces lieux;
Qu'il foit encore aujourd'hui ton Oracle:
Dans tes bienfaits, à ce cœur vertueux,
Etre fuprême, accorde ce miracle.

Tout l'Univers alors femble ebranlé;
Le trouble augmente, & Louife a parlé;
Le jour pâlit, l'éclair part, le Ciel tonne,
Le Firmament s'entrouvre fous fon Trône:
Elle n'eft plus . . . . fes vœux font prononcés . . .
Mille rayons autour d'elle élancés (13),

Semblent répandre un torrent de lumière
Qui la dérobe à ma faible paupière....
Que vois-je encor?...Dans les Cieux entrouverts,
Un Ange tient la palme de Louise ;
Le Tout-Puissant se montre à l'Univers;
Il a daigné sourire à son Eglise,
Et sur ce cœur immolé sur l'Autel,
Il a jeté son regard paternel.
En palpitant, le Pontife lui-même
N'ose fixer sa Majesté suprême;
Le jour paraît briller de nouveaux feux:
C'est ici bas la lumière des Cieux;
On aurait dit qu'une flamme plus pure,
Qu'un nouvel Astre éclairait la nature:
Tel autrefois un prodige pareil,
Sur Sinaï fit pâlir le Soleil,
Quand l'Eternel, du séjour du tonnerre,
Couvert de feux, descendit sur la Terre.
A tous les yeux Louise disparaît,
Le voile tombe & cache la victime ;
L'encens s'éteint, le sacrifice est fait ;
Pour toi, Sion, quel spectacle sublime !

THERÈSE, encore en contemplation,
Donne un moment à l'admiration,
Et, reprenant sa route vers la gloire,
Retourne au Ciel jouir de sa victoire.

E iv

Peuples heureux! chantez à votre tour,
A vos enfans, cet exemple d'amour.
Venez apprendre, en admirant Louise
Et les Vertus qu'elle montre en ces lieux,
Combien le Ciel, à ceux qu'il favorise,
Sait accorder, dans ses dons précieux,
D'appui, de force & d'empire sur eux.

Monde imposteur, vanité de la Terre,
Rentre au néant, retourne à ta poussière;
Ton masque tombe, & Louise à nos yeux,
En s'immolant, a détruit ta chimère;
Elle a brisé ton phantôme orgueilleux;
Vas désormais dans des cœurs plus frivoles;
Vas, loin de nous, encenser tes idoles:
Périsse, enfin, ton charme impérieux,
Et que l'instant qui couronne Louise,
Soit à jamais la gloire de l'Eglise.

Fin du quatrième & dernier Chant.

NOTES DU PREMIER CHANT.

En s'exhalant, lui préſenta ſa Mère (1).

(1) Marie Lekzinsky, Fille de Staniſlas ſurnommé le Roi Bienfaiſant, Reine de France & Mère de Madame Louiſe ; il y a pluſieurs Eloges de cette vertueuſe Reine, qu'on peut, par toutes les vertus dont elle donnait le précepte & l'exemple, ſi juſtement comparer à la Mère de Saint Louis.

Verſer leur ſang, pour honorer leurs Dieux (2),

(2) Les Gaulois ſacrifiaient des victimes humaines à Teutathès, & les Druides les immolaient. Trophime, Évêque d'Arles, dit Duradier, fit diſparaître l'horreur de ces ſacrifices, que Claude & Tibère, avant lui, avaie n inutilement tenté d'abolir.

Joint l'athéiſme à l'incrédulité (3),

(3) Par quel charme, diſait M. de Verthamon, Évêque de Montauban, dans ſon Mandement contre les erreurs de l'Abbé de Prade ; par quel charme peut donc ſéduire un ſyſtême qui, en élevant un Tribunal à la raiſon pour la rendre arbitre de nos myſtères, réduit les efforts de l'eſprit humain à ſemer des doutes ſur des vérités inconteſtables ? M. de Neſle, dans ſon examen ſur le Matérialiſme, a dit des Incrédules, qu'ils étaient moins des gens qui ne croyaient rien, que des gens qui s'efforçaient de ne rien croire.

Je vois encor dans leurs écrits perfides (4) ,

(4) Il eſt étonnant de voir paraître tous les jours, malgré les précautions du Miniſtère , ces ouvrages impies que Tertullien appelait *CIBUM DÆMONIORUM* , *la nourriture des démons.* Quelle que ſoit la liberté de la preſſe en Angleterre , on y voit rarement paraître ces fruits de l'impiété , contre leſquels le Gouvernement ſévit toujours avec la plus grande rigueur ; je n'en citerai d'autres exemples que la condamnation des œuvres de Bolingbroek & du Docteur Norris , au ſujet deſquels les Jurés de Weſtminſter diſaient que toute inſulte à la Religion devait être punie comme un crime d'État.

Eſſay on the lyberty of the preſſ.

NOTES DU CHANT SECOND.

Et ſur leſquels Thérèſe règne en mère (1).

(1) Elle a banni , dit l'Auteur du Siécle de Louis XV , cette étiquette & cette morgue qui peuvent rendre le Trône odieux ſans le rendre plus reſpectable. J'ai vu moi même cette Souveraine de tant d'États , s'arrêter pluſieurs fois dans le court trajet de Vienne à Schonbrun , pour prendre les Placets qu'on lui préſentait. J'achève de la peindre par un trait qui doit l'immortaliſer , & dont il n'y a jamais eu d'exemple. Pendant la dernière guerre , l'Impératrice a préparé de ſes propres mains une partie des linges dont on avait beſoin dans les Hopitaux de ſes Armées , pour le panſement de ſes Soldats. Il eſt impoſſible de ſe refuſer à la douceur de faire connaître de pareils traits. C'eſt une jouiſſance bien grande pour un

cœur Français, de retracer tout ce qui peint l'amour du Souverain, & tout ce qui reſſemble au cœur de ſon Roi.

Dont le ſcrupule empoiſonne nos cœurs (2);

(2) Le ſcrupule tourne notre amour en défiance & nous fait perdre le fruit de nos œuvres : c'eſt la maladie d'un eſprit faible, à qui rien ne peut rendre la tranquillité. *Error inſanus, amandos timet, quos colit violat, morbus puſillanimi, quietus eſſe nuſquam poteſt.*

Saint Auguſtin.

En careſſant l'erreur qui nous ſéduit (3),

(3) Celui qui cherche un état plus parfait ne le trouve pas toujours, & ſouvent ſes efforts ne ſervent qu'à augmenter ſa faibleſſe. *Qui nititur ad altiora conſcendere, quid agit, niſi ut creſcendo decreſcat?*

Saint Grégoire.

On voit maudir leurs conſécrations (4)!

(4) C'eſt une affreuſe vérité dont on n'a vu que trop d'exemples, & qui a décidé la ſageſſe de Louis XV à régler l'âge des engagemens religieux ſur celui de la réflexion & de la raiſon. Si les leçons dans la bouche des Princes font plus d'impreſſion ſur nous, je rappellerai, dans cette occaſion, ce qu'écrivait le Cardinal Infant Don Louis, au Souverain Pontife : *Il faut que la vocation s'accorde avec notre conſcience, & les devoirs qu'elle nous impoſe, exigent l'examen le plus rigoureux de nous-mêmes.*

Mém. d'Eſpagne.

Le Bapte impur (5) & le Bonze orgueilleux ;

(5) Prêtres d'Athènes, attachés à la Déeffe Cotytto, connus par l'obfcénité de leurs myftères.

Près de Paris, fertilifent la plaine (6) ,

(6) Conflans ; folitude de Monfeigneur l'Archevêque de Paris , près de Charenton.

Ainfi qu'on vit dès murs de Sarepta (7) ,

(7) Le Prophète Elie demeura long-temps caché à Sarepta, petite Ville des Sidoniens ; il n'en fortit que pour ranimer le courage des Ifraélites contre les cruautés d'Achab & de Jéfabel.

Hiftoire de la Bible.

Par un Prophète une femme aguerrie (8).

(8) Judith.

A préférer la Fille d'Avila (9) ;

(9) Ville d'Efpagne où Ste Thérèfe prit naiffance , & où elle commença à établir fa Règle fous la conduite du Bien-heureux Pierre d'Alcantara & Jean de la Croix.

NOTES DU TROISIÈME CHANT.

Venez du mien entendre les Prophètes (1).

(1) A qui donc me comparez-vous ? Ne favez-vous pas que je vous porte dans mon cœur ?

Ifaie.

On vit jadis un Patriarche heureux (2),

(2) Jacob a prophétifé le Meffie 1500 avant fa naiffance. *Le fceptre ne fortira pas de la maifon de Juda , jufqu'à ce que celui qui doit être envoyé foit venu , & c'eft celui qui eft l'attente des Nations.*

Hift. de l'Anc. Teftam.

Le fouvenir de toute ma tendreffe (3),

(3) Par un nouveau trait de bienfaifance, le Roi, à la follicitation de Madame Louife , a bien voulu conferver à fa Maifon , les mêmes appointemens , ou des penfions équivalentes.

NOTES DU QUATRIÈME CHANT.

Toi dont l'orgueil infulte au Créateur (1).

(1) Les Prophètes avaient-ils donc lu dans l'avenir que l'impiété viendrait jufqu'à notre fiècle , quand ils ont dit: *à qui infultez-vous ? contre qui ofez vous élever la voix & vos yeux infolens?* Cui exprobafti ! & quem blafphemafti ? fuper quem exaltafti vocem & altitudinem oculorum ? Ifai. chap. 3. L'Apôtre n'a-t-il pas dit pareillement : *Il viendra un temps où les Fables leur feront oublier l'Evangile.* Et erit tempus cùm fanam doctrinam non fuftinebunt, ad Fabulas autem convertentur.

Ad Thimoteum.

Vois-tu le jour qu'il punira tes crimes (2) ?

(2) *Dei profunda judicia in malos ; cùm diù obdormiffe videtur, tandem confurget in impios; iram concitabit, & neci dabit.*

Que les Jugemens de Dieu sont profonds contre les méchans ? Il paraît s'endormir sur leur impiété, mais il se réveille au jour de sa colère, & ce jour devient celui de leur réprobation & de leur mort.

Bossuet, in psalmos.

Près de Paris, est un lieu révéré (3),

(3) Saint Denis, Village près de Paris.

Et dans les croix commencer à mourir (4).

(4) Dans le Cloître on apprend à mourir au monde, pour vivre en esprit avec Dieu.

Namque mori mundo prorsùs, rebusque caducis,
  Hos docet, ut possint vivere mente Deo.

Antholog. Sacr.

L'humilité, l'aveugle obéissance (5),

(5) L'humilité & l'obéissance, selon tous les Pères de l'Eglise, sont les deux Vertus principales des Monastères. Le célèbre Abbé de Rancé, dit Marsollier, après avoir fait profession entre les mains de Dom Michel Guyton, grand oncle de l'Auteur de ce Poëme, forma le plan de la réforme de la Trappe, sur la cent quarante-deuxième lettre de St Bernard, dans laquelle on lit que son ordre n'est autre chose que la profession d'une vie humble & soumise : *ordo noster nihil est nisi abjectio & obedientia.*

Divin amour ! pour pouvoir t'exprimer (6),

(6) Un Père de l'Eglise, en parlant de ce divin amour, a dit : quel est celui qui peut le louer dignement ? *Quis veraciter laudat?*

Epist. St Aug.

Près d'adorer le Fils d'Elifabeth (7),

(7) Pour qui me prenez vous, difait St Jean le précur-
feur de J. C.? Je ne fuis pas celui que vous attendez, mais
il ne doit pas tarder à paraître.

Act. ch. 13.

Détruit les droits de l'inégalité (8).

(8) La Religion ne connaît ni les conditions ni les honneurs; elle ne confidère que la piété, & ne diftingue que
la vertu : *Religio nefcit perfonas nec conditiones hominum, fed
animum infpicit ; nunquam nobilitas generis, nec dignitas feculi,
fed quem devotio, fed quem fanctitas commendat.*

Epift. St Hieron.

J'ai toujours fçu, loin d'en être charmée (9),

(9) La vocation de Madame Louife était d'autant plus
éprouvée, qu'elle avait conçu depuis l'âge d'onze ans le
projet de fe retirer du monde : cette vertueufe Princeffe avait
déjà pratiqué, au fein de la Cour, toutes les vertus du Cloître.

On veut jouir d'un fpectacle fi tendre (10).

(10) Le concours de monde fut fi prodigieux à fa profef-
fion, qu'on avait retenu des places plus de trois mois au-
paravant. Louis XV ayant témoigné que fon intention était
que le fpectacle de la piété fût libre pour tous les Fidèles,
les engagemens n'eurent pas lieu, & on rendit l'argent à
ceux qui n'avaient pas cru trop payer le bonheur de voir la
confommation du facrifice.

Un faint Prélat, l'orateur de l'Eglife (11),

(11) M. Armand de Roquelaure, premier Aumônier du

Roi, l'un des Quarante de l'Académie Françaife & Evêque de Senlis, prononça avec tout le pathétique de l'éloquence Chrétienne, le Difcours le plus attendriffant.

Et qu'il eft grand au pied de tes Autels (12) !

(12) L'Évêque a deux faces, dit St Ignace, Difciple de St Jean l'Évangelifte; l'une quand il commande χατα το αρχειν; l'autre, quand il facrifie, χατα το ιεχατευειν.

Epift. ad Smirn.

Mille rayons autour d'elle élancés (13).

(13) Sans doute qu'en de pareils facrifices, le Seigneur donne à fes victimes l'éclat des prédeftinés. Charles-Quint, après fon abdication, s'étant retiré au Monaftère de St Juft, en Eftramadure, parut fi refplendiffant de lumière au Juif Abraham Solingo, que le Sultan avait envoyé s'affurer de la retraite de l'Empereur, qu'en le voyant il demanda le baptême, fe fit inftruire & le reçut.

Vie de Charles V par Tel.

ERRATA.

PAGE 11, Vers 11, *nuir*, lifez *unir*.

P. 13, V. 12, il me *fourit*, lif. il me *fourit*.

P. 32, V. 6, le fer qui *uous*, lif. *nous*.

P. 36, V. 4, *Voie fur le champ*, lif. *Sur le champ vole*.

P. 38, V. 15, *ton cœur*, lif. *fon cœur*.

P. 39, V. 9, *le bonhe urde*, lif. *le bonheur des*

    Ibid. V. 14, *ces efprit*, lif. *ces efprits*.

    Ibid. V. 15, *en leur*, lif. *en leurs*.

P. 53, V. 23, *zèle*, lif. *ferveur*.

P. 65, V. 3, *à ces difcours*, lif. *à fes difcours*.

P. 67, V. 23, *de la piété, je voit*, lif. *de la pitié, je vois*.

P. 73, note feconde, Chant I. *avaie n*, lif. *avaient*.

P. 78, note troifième, Chant IV. *Village*, lif. *Ville*.

www.ingramcontent.com/pod-product-compliance
Lightning Source LLC
Chambersburg PA
CBHW060454260626
47161CB00005B/2102